日日抄

ふらんす堂

日日抄／目次

句集　日日抄

新年

満天の星よ淡海よ去年今年

初明りすなはち今生あかりかな

元朝や一分ながく歯を磨く

貧乏神のぼせ出てゆく初湯かな

初夢の顔顔顔のみな若し

若水桶三つ指揃へ迎へけり

読初や大歳時記の総目次

若菜摘み鎌ひろひて帰りけり

妣の名を呼べば雲湧く初山河

追羽子に木霊のあそぶ在所かな

戦争を知る子ら並び初写真

杉箸に歯型のこしぬ嫁が君

鳥獣の図鑑枕に寝正月

福寿草鉢にひとりの一間かな

悼　西村武雄

七日粥食べ現し世にさやうなら

箒目に雀のあそぶ鳥総松

春

一升瓶胡坐挟みに雪解富士

梅の枝に影の光陰ありにけり

大気圏抜けたる星よ犬ふぐり

橋杭に渦の芯より水温む

菜の花や海の日の出は母に似て

春の夜の頬に冷たき猫の鼻

駄菓子屋の瓶のいろいろ鳥帰る

天国の梯子ここよと初雲雀

ぽつねんと研ぎ屋店出す春祭り

啓蟄や城井の蓋に猫のゐて

祖母の手はいつも汚れて桃の花

風呂敷の鞍馬天狗よ椿東風

原城の骨より白きさくらかな

宣教師来し半島の辛夷かな

白魚火のさゆれ浦曲のまくらがり

上げ潮に磯巾着は花になる

五島　四句

旅の荷を枕に時化の弥生尽

島山の木霊こだまの春の瀧

天国に至る潮目よ諸葛菜

山彦の声にあをあを春氷柱

少女来てすみれ活けたるインク壺

父の名で呼び止められし彼岸寺

堅香子に瀞の水音あつまれり

桜貝拾ひて卑弥呼筑紫説

勾玉の穴に闇あり抱卵期

身の丈の一寸縮み春の川

初蝶や貧しさほかに取り得なく

春の地震のがれて独り長崎へ

カイ子居の行き来の河津桜かな

春鰹たらふく銚子泊りかな

老いの手の爪良く伸びる遅日かな

死支度のあれこれ鉢のすみれかな

丸焼きの烏賊を肴に四月尽

霞食べ百二十歳まで句作りを

焙烙の嵩に風立つ壬生狂言

龍天に登り半島残しけり

銀山の床屋を覗く昭和の日

かぎろひのかげろふ石見一之宮

連翹や勝石に置くたなごころ

十字架の朝日に燕来たりけり

夏

蜘蛛の囲に懸かる虫どち曼陀羅に
まさをなる空を平らに田水張る

封筒の師の名を齧る雲母虫

噴水の秀に饒舌の天使ゐて

一八やこの水飲めません清正井

咀嚼音かすかに漏らす蟻地獄

万緑や水甘かりし大山寺

木苺の熟れ海鳴りの爾佐神社

宇迦山は雲湧くところ時鳥

知恵の輪の百日解けず蟾蜍

塩鹹き馬齢の汗を口に目に
蜘蛛の子の散りあをあをと八ヶ岳

麦畑に駅が浮かんで在所かな

縄文の土に火のあと昼蛍

わが影に鯉のひしめく芒種かな

飛魚刺しに箸が弾んで置酒歓語

万緑の甘南備の気をまとひけり

山翡翠の水輪に木霊生まれけり

父母の星青く呼び出す青葉木菟

慟哭の火蛾の渦巻く篝かな

手力男の深き闇より兜虫

一貫目痩せたる喜寿の更衣

祭好き酒好き目黒生れかな

竪穴の闇に闇あり栗の花

青空の富士を持ち上げ水馬

七十年一途に真似て蛍籠

日の枝に毛虫丸まり哭きにけり

別るさに夕雨来たり青葡萄

肥後越えの天よりひらり蛇の衣

はつたいに噎せ合ふ幼馴染かな

蝦夷百合や屋根ある馬の水飲み場

樹皮剝がれ海霧の白樺林かな

蚊遣火や叔母に聴きたる母の癖

竹の秀の風に雨知る端居かな

並び見る眩しき風の樟新樹

風鈴に目覚めて青き箒星

高張に星の渦巻く鮎の宿

大麦の禾に鳥語の多摩郡

天上の糸にさゆれて毛虫生る
あぢさゐの白に雨来てむらさきに

青蚊帳の夢に酒酌む二人の師

噴水の虹にあそびし姉妹かな

茄子漬の紺の失せたる無常かな

死を語り合ふ晩涼の在所かな

耳うちの息こそばしき夜の秋

秋

そのかみの地に苛令あり稲の花

黒潮の雲路の浅葱斑かな

流れ星ころび信徒の泪より

倒木に行き止りたる秋の水

大家澄子さま

天の川わたる門出に頬紅を

水車いま杵臼やすめ曼珠沙華

初雁や身ほとり囲む加賀言葉

ゆく秋の宮田カイ子の掌なりけり

弟の一人は飲めず盆の家

海坂の星へ燈籠流しけり

蜻蛉釣り母にはぐれて老いにけり

厳島

秋惜しみけり日と月の鬼瓦

広島や廃墟瓦礫に億の露

広島の夜中ひとりの秋簾忌

一粒の露に眠むさう地蔵尊

象潟の海に入れたる銀河の尾

鳥海山据ゑくれがての刈田かな

頭巾して影を正しく踊りけり

一門の競ひ高きにのぼりけり

裏山に有磯をかくし稲架襖

十六夜の浮き桟橋に捨て鏡

曲屋に藁灰つくる生身魂

贅沢に檸檬を絞り置酒歓語

縄文の風わくところ男郎花

九十九折の宙にはみ出す蕎麦畑

影に影踏む老人の日なりけり

葉隠れにひたすら啼いて囮かな

沖縄　四句

酔ひ出でてひとりの那覇や後の月

姫百合や師範女子部のたけくらべ

磐座の木霊にあまた秋のこゑ

いつも独り機窓の富士に秋惜しむ

田仕舞ひの煙が雨になりにけり

天の川叩き出したる石工かな

防人へ鶴渡りけり君ヶ浜

げんまんの小指に止まる赤とんぼ

猪垣に空き缶吊るし平家村

胡桃の実乾く筵に猫眠る

ゆく水の果てに海あり天の川

鰯雲追ひ納沙布の秋まつり

白帝の威にはればれの利尻富士

彩雲を呼ぶ支笏湖の秋の蝶

月山に夕星呼びぬ吾亦紅

満天の星に溺れて案山子かな

ははがりに相槌うつて衣被

悼　宮田佳和先生

銀漢の泪受けたる頭かな

烏瓜供へひとりの秋簾忌

宮田家精霊船　三句

宮田家の釣燈籠の算木紋

少年の爆竹に月くもりけり

新盆や桂一大人と起居せり

旅好きの死後渡るべし天の川

茸の香犬に教ふる少女かな

龍淵に潜み卑弥呼は勾玉に

寝返りのまた寝がへりの虫の闇

宮田家の医は仁なりの墓洗ふ

秋天へ深く潮吹く巌かな

龍踊にこはがり泣きの年子かな

あめいろの鮭打棒の月日かな

踊りの輪抜け星空へ帰りけり

紅葉山よりむらさきのけむりかな

悼　宮田カイ子さま

マスカット掌にカイ子さんもう逢へぬ

白木槿の雨に面輪の泛びけり

悼　宮本まつゑさま

秋の蝶ひらり水輪の面輪かな

祝　天野小石さま

月光の椿柱の月日かな

福永法弘様居

洛中の初更に寝たり九月尽

誰彼の老いの遅速よ実むらさき

旅果てて秋思のいがぐり頭かな

オムレツにコーヒー皇后誕生日

冬

神在の雲梯ひくき隠岐古海

波郷忌や切れ字あたたむ掌

赤海鼠ひとさし指に縮みたる
裏門を閉め討ち入りの日なりけり

梟の反転の目に夜の鼠

牛生れ祝ふ朝餉に寒卵

木星に悲鳴するどく兎罠

湯豆腐や余生いよいよ泣き虫に

星の夜にオルガンならす雪女

母てる子逝く　五句

あかときに倒れてをりぬ冬の菊

母の骨舐めて噎せけり木の葉髪

かはたれや母の鍬ある葱畑

ふくろふや十万億土に星生まれ
白鳥のこゑに目覚めて在所かな

高千穂　五句

蒼穹の藍うばひあふ瀧氷柱

藍美き幕間の神のちやんちやんこ

神楽果つ大宇宙より紙吹雪

鷹の羽の降る蒼穹の豊後かな

億年の旅の星消え霜柱
あの星は手編みセーターくれし人

負け独楽を両手囲ひに寒明忌

海山の旬を炙りてさくら梢

燭の火の影絵の狐鳴けば雪

凩の夜は象の耳持ちたき子

折鶴の二羽の切り貼り障子かな

夕耀に魴鮄たかき鰾鳴らす

風花や西の億土にあなたゐて

水鳥や遠つ淡海に関二つ

寒梅や取り越し苦労する齢

群青の凪に斜里岳雪被く

まさをなる神居古潭の崖氷柱

凍蝶や祈りの形に翅合はせ

軍服の遺影に見惚れ雪女

有馬先生逝く　三句

訃報知るテレビに冬の天道虫

雪富士や悲嘆抑ふる掌

哀しみにシリウス青き翼持つ

わが部屋の高千穂神楽幣古りぬ

落日の湖を枕に山眠る

躓きし石に綿虫生まれけり

八百万神のいさかひ虎落笛

有馬先生一回忌

五臓六腑悴む有馬先生忌

人恋の木霊は雪になりにけり

有馬先生三回忌　二句

朗人忌や綿虫とまる指不思議

朗人忌や魴鮄あるく防波堤

綿虫を鼻に遊ばせ老いてゆく

着膨れて天王星の周期生く

あとがき

『日日抄』は『柿』『菊膾』につぐ私の第三句集です。

二〇〇七年〜二〇二三年までの句から二一四句を選びました。題名の「日日抄」は細川加賀先生の「初蝶」（昭和）、有馬朗人先生の「天爲」（平成）に詠み続けた日々、有馬朗人先生逝去以後も変わりなく一途に日日詠み続けたい願いを込めて選びました。

俳句の始まりの柴崎草紅子先生、有季俳句の手ほどきの吉野麓人先生より細川加賀先生、有馬朗人先生に一七音の宇宙に誘われて厳しさを、楽しさを教わり、良き知遇を得て、よき晩年を授かり心より感謝申し上げます。

二〇二三年五月五日

金村眞吾

著者略歴

金村眞吾（かなむら・しんご）

1939年３月19日　東京生れ
1945年２月　栃木県足利郡筑波村県に疎開
1953年　筑波中学校俳句部初代部長　柴崎草紅子指導
1983年　「富士」入会、吉野麓人に師事
1985年　「初蝶」入会、細川加賀に師事
1989年10月25日　師・細川加賀逝去
1990年　「天爲」入会、有馬朗人に師事
1997年　俳人協会会員
2020年12月６日　師・有馬朗人逝去

現住所　〒216-0022
　　　　神奈川県川崎市宮前区平2-23-4-301　市営住宅

句集　日日抄　にちにちしょう

二〇二三年七月二九日　初版発行
著　者――金村眞吾
発行人――山岡喜美子
発行所――ふらんす堂
〒182-0002 東京都調布市仙川町一―一五―三八―二F
電　話――〇三（三三二六）九〇六一　ＦＡＸ〇三（三三二六）六九一九
ホームページ http://furansudo.com/ E-mail info@furansudo.com
振　替――〇〇一七〇―一―一八四一七三
装　幀――君嶋真理子
印刷所――日本ハイコム㈱
製本所――日本ハイコム㈱
定　価――本体二六〇〇円＋税
ISBN978-4-7814-1576-5 C0092 ¥2600E